Historias para leer a bordo

Rodolfo Fernández Chaves

EDIQUID

HISTORIAS PARA LEER A BORDO

Editado por: Corporación Ígneo, S.A.C.
para su sello editorial Ediquid
José Olaya 169, Ofic. 504, Miraflores. Lima, Perú
Primera edición, mayo, 2024

ISBN: 978-612-5142-69-6
Impresión bajo demanda

Hecho el Depósito Legal en la Biblioteca Nacional del Perú N° 2024-04353
Se terminó de imprimir en mayo del 2024 en
ALEPH IMPRESIONES SRL
Jr. Risso Nro. 580 Lince, Lima

www.grupoigneo.com
Correo electrónico: contacto@grupoigneo.com
Facebook: Grupo Ígneo | X: @editorialigneo | Instagram: @grupoigneo

Colección: Nuevas Voces

Contenido

Dedicatoria

A veces alguien pisa el acelerador de la vida tan a fondo que el frenesí de lo que ve, siente y sueña le parte al medio el corazón.

El Chato no vivió, el voló sobre el resto de nosotros, simples *transcurridores* cotidianos, temerosos y sosos. Se dedicó con ahínco a mostrar que el camino correcto se encontraba justo en la mitad, entre el suyo y el nuestro. Solo una párvula falla técnica pudo detenerlo. Como a todos, él también necesitaba que su sangre fluyera.

Ahora, más tranquilos, queda solo escribir algo en su memoria, ya que él no estará para contarnos sus locuras y no estaremos nosotros para juzgarlo.

A esa ilógica y única persona que de verdad daría la vida por ti. De hecho, lo hace al criarte y sobrevivir dentro de ti aun después de dejarte.

A mis amados y admirados compañeros de viaje, Juampi y Vanne.

Con las disculpas del caso, a todos los que no entiendan lo que escribo, ya sea porque lo escribo mal o a la persona incorrecta.

Prólogo

La vida, ese necesario viaje donde transitamos sin certificaciones de aptitud ni permisos de conducir.

Podemos verla toda a través de una ventana o incluso podemos quedarnos dormidos. Podemos soñar plácidamente o estremecernos con las más tenebrosas pesadillas.

También podemos dirigir el rumbo un día a la vez.

Olvido algunas cosas en el día, y a veces recuerdo qué fue lo que olvidé y hasta el momento exacto en que lo hice. ¿Falta de atención? Psss... seguro.

Hace poco fue mi cumpleaños. No es para todos pasarla bien, hay que saber desenvolverse entre las felicitaciones y los aplausos. Van muchos y aun no aprendo.

El calendario impreso es más lento que el de mi cabeza. Necesito un ajuste.

Si yo tuviera la voz grave seguro ya hubiera conquistado al mundo.

Que alguien invente el acelerador de calvicie, esto de estar a medio pelo es insoportable.

Estoy viejo, pero hoy desperté. Quiere decir que para el día de hoy soy un recién nacido lleno de experiencia. Si eso no es felicidad, entonces no existe, pero yo sé que sí.

Me encanta ese día donde el canto de un pájaro me llama la atención. No es él, soy yo que me doy cuenta. Ahí empieza la primavera para mí.

En el camino me enseñaron a cuidar al niño que fui. Curo sus raspones y heridas, le doy confianza, lo alimento y protejo. A cambio él me da consejos invaluables.

Y un día pude darme cuenta de que Dios no existe, el *Big Bang* me lo explicó todo. Es muy lógico y fácil de entender que, de una infinita nada, algo explotó, generando la materia, el espacio y el tiempo. Por eso Dios no exis… ¡Ay, Dios!

La vida, ese viaje único e irrepetible.

Capítulo 1

Domingo 18 de septiembre del 2011, uno de esos típicos días ventosos de primavera. La tarde me encontró en mi apartamento solo, con las cortinas cerradas y con el plafón muy bajo.

Me levanté algo desganado y con la sensación de no haber descansado lo suficiente, por más que dormí muchas horas. No tenía ganas de salir, en realidad tampoco tenía nada que hacer en ningún lado. Siendo las 17:00 horas, aún tenía los platos y cubiertos sucios sobre la mesa y no tenía una inmediata intención de lavarlos.

La tele emitía los clásicos programas de entretenimiento de la tarde y yo los miraba, aunque sin ver.

Según mi percepción, estaba pasando un espléndido día de descanso.

Durante la semana, el trabajo en la oficina me atrapaba de tal forma que, para mí, esos días eran solo días de trabajo. Mi vida personal quedaba de lado y no encontraba tiempo para nada que no fuera trabajar, comer y dormir.

Solía despertarme a las 09:00 y me acostaba a eso de la 01:00, es decir que dormía unas buenas ocho horas a diario. Trabajaba otras ocho horas y no me pregunten qué hacía con las ocho horas restantes del día porque no lo sé.

Y los fines de semana nada más pasaban, tan solo transcurrían, sin un contenido especial y sobre todo sin disfrute.

Hoy me doy cuenta de que padecía un serio problema que en ese entonces yo no sabía. Mi problema hoy lo defino como *apatía vital.*

Esta expresión, apatía vital, aplica para personas que, en ocasiones, a pesar de no sufrir depresión, tienen la sensación de haber perdido interés por la vida en un periodo prolongado de tiempo.

Este era mi caso, en el cual, aunque parecía estar todo bien y en orden, tenía esa sensación de que algo faltaba, algo no estaba completo ni iba por el camino correcto.

Este libro lo empiezo a escribir el 21 de septiembre del 2023. Recién llego de caminar por la playa y por un bosque cercano. Traje conmigo unas hermosas piedritas que encontré y unos hongos comestibles con los que luego pienso hacer alguna preparación.

Antes caminaba rápido sin razón, solo quería llegar temprano. Hoy camino despacio, suave, no me quiero perder detalle.

Mi señora y mi hijo me acompañaron, y ahora salieron a hacer unas compras para el almuerzo. Mientras espero que vuelvan, me pregunto: «¿qué cambió en mí desde aquel 18 de septiembre hasta hoy?». La respuesta inmediata es una sola: «desperté».

Va, en realidad me despertaron de la misma forma que lo hacía nuestra madre o padre cuando éramos chicos. El amor de las personas que me rodean hizo que me diera cuenta de que yo estaba entregando el precioso tiempo que tengo a la nada misma.

Lo primero de lo que me di cuenta es que la vida es como un sube y baja, y solo tiene gracia si alguien juega contigo. Paradójicamente, a la primera persona que debes poner en tu equipo es a ti mismo.

Las personas que están en tu misma sintonía se acercarán solas y las que están en otra sintonía se contagiarán de ti, como me pasó a mí.

La idea de este libro es compartirle a todo aquel que esté dispuesto a dejarse despertar el cómo hacerlo y ser feliz.

Mi proceso personal llevó años y solo hoy, que lo puedo ver en retrospectiva, entiendo que pudo tomarme días, horas, o el tiempo que me hubiera llevado leer un libro como el que tú tienes hoy en tu mano. En el transcurso del mismo pretendo acercarte una serie de historias para leer a bordo del viaje de tu vida.

Quizás en este momento pienses: «uf... otro libro de esos en donde el autor se va a vanagloriar con sus historias de superación, y que será difícil que yo pueda aplicar en mi vida». Pues ahí estás equivocado. Yo no puedo escribirte sobre mis historias personales porque son mías, se dieron en determinado contexto y tiempo. A mi entender, son irrepetibles y únicas. Estas situaciones que narraré son de todos, y si alguna la viví… no te lo diré.

Estas historias forman parte de una serie de relatos que durante un tiempo escribí, y sobre los que pensé que no había ninguna conexión uno con otro. Cierto día, me puse a leer los títulos que les había puesto y entendí que sí tenían un punto en común, y que escribirlos era parte del proceso de cambio en mi viaje.

En todas, la palabra clave es *actitud*. La pongo en cursiva ya que esta palabra es más que tan solo eso: es una especie de llave maestra que abre todas las puertas imaginarias que nos impiden seguir nuestro camino a la felicidad.

Es cierto que ser feliz siempre y de forma continua no es posible, ya que la felicidad solo adquiere tal dimensión cuando se es consciente de ello. Es como cuando te duele la cabeza: duele, pero adentro, donde duele cuando te das cuenta. Te dueles a ti mismo.

Los problemas existen, y es falso que vas a ser feliz de manera consciente mientras atiendes un problema o enfrentas una situación desagradable. A nadie se le ocurre ir a un velorio con aires de festejo.

De todas maneras, si uno entiende de qué se tratan las cosas, puede asumirlas en son de paz. Paz entendida como un estado de tranquilidad y calma que, según mi entender, es el preámbulo a la felicidad.

Capítulo 2

Desde siempre existen recursos que las personas buscan en aras de solucionar los problemas que creen tener. Un amigo escritor me dijo una vez: «fui a donde una vidente que me recomendaron. Decían que ella te contaba cosas que solo tú podrías saber. Me las dijo, le pagué».

Me quedé esperando más, que siguiera con su relato, al igual que tú, supongo. Pero la realidad es que no había nada más.

Ese mismo amigo, en otra ocasión, me contó sus peripecias con su psicoanalista. Yo lo reduje a esto:

—Buenas tardes, doctor.

—Buenas tardes. Siéntese, póngase cómodo. ¿Cómo estuvo la semana?

—Bien.

—¿Solo bien?

—Sí, bien, como todas.

—Entiendo. ¿Escribió algo?

—No, absolutamente nada.

—¿Y? ¿Cómo le resultó?

—Ahí...lo mismo de siempre: ansiedad, agitación, náuseas, etc. Esa misma sensación.

—Bueno, ahora tome este papel y escriba lo que quiera.

—¿Cualquier cosa?

—Sí, lo que le salga, todo lo que se le venga a la mente.

Si ya conoces de estos temas y no quieres aburrirte, sáltate este relato.

Bueno, veo que en realidad seguiste leyendo a pesar de mi advertencia. Pues si tú eres caprichoso, yo más. A partir de ahora voy a escribir incoherencias zarazas poliedro carpincho comete delito en la luna y helado de frutilla con menta en consecuencia con la incorporación de los mejores materiales del contenedor y la idiosincrasia actual vinculante con la fluctuación de cualquier moneda extranjera que no pueda bañarse con caramelo.

Es así, que no lo es tanto en cuanto el pasar de los segundos y años indiquen que la dieta pobre en calorías produzca carnes de calidad para la industria plástica y deje de ser tendencia de moda actual.

No nos podemos olvidar de lo que nunca puedo recordar y menos de aquello que resulta tan importante como para fluir de manera insignificante en la mente de un koala con instintos suicidas. En base a lo dicho no hay otra conclusión posible más que definir todas las preguntas que aún seguirán sin respuesta.

Puedo escribir los versos más tristes esta noche, pero me da pereza. Puedo escribir porque el lápiz tiene punta. Tengo un lápiz porque trabajo para darme los gustos. Puedo dejar de escribir cuando quiera, eso no es un problema para mí, lo controlo.

En realidad, quizás esté precisando un poquito de ayuda. La verdad es que me domina. Soy un maldito vicioso. Por escribir he desatendido todo y me he perdido de las cosas importantes de la vida. No vi hervir el agua y la olla se rebasó, no vi cuando el ratero se llevó la radio del auto, no vi el eclipse, no vi el nacimiento de muchos hijos de otras personas, no vi cómo mi padre me educó, ya que no lo hizo porque no estuvo.

—¡Alto! Ahí está la raíz de todos sus problemas.

—¿En mi padre?

—No, en el koala.

—¡Eeeh! ¿Qué koala?

—Ese koala, ¿sufre?

—¿Y yo qué sé? Supongo que sí.

—¿Tiene nombre?

—No.

—Póngale uno.

—Tito. Podría ser Tito el koala.

—Bueno, vaya a su casa, mímelo, cuídelo, consiéntalo.

—¿A quién?

—Al koala, a su koala interior.

—¡Aaah!

—Hasta la semana que viene.

También pagó y se fue, sin dudas algo más perturbado de lo que entró.

Capítulo 3

Este amigo, como usted se habrá dado cuenta, buscó en varios lados a alguien que lo orientara para solucionar cosas que él entendía que estaban mal en su vida. Buscó una guía, buscó consejos, buscó apoyo. En esas búsquedas gastó tiempo, energía y dinero. Lo que obtuvo a cambio no fue lo que esperaba y simplemente no lo hizo feliz.

Él siempre me hablaba de que la vida no paraba de colgarle mochilas pesadas y que así iba, cargándolas de aquí para allá. En ese momento se encontraba en una edad donde las pérdidas son más frecuentes que los casamientos. Esa edad donde nuestros padres nos dejan, nuestros tíos, los padres de nuestros amigos, etc.

Ir a un velatorio se torna ya una salida habitual, incluso se tienen prendas de ropa reservadas para esas ocasiones.

Este amigo consideraba que estaba pasando por una etapa gris de su vida.

Un día, una amiga suya que hacía poco había perdido a su último familiar de sangre directo, su padre, le comentó que ella lo había asumido con mucha entereza y que, aunque le parezca raro, ella se sentía feliz.

Mi amigo no entendió su actitud e intentó averiguar el porqué de esa sensación ante tamaña pérdida. Su amiga le acercó unas hojas escritas en papel de cuaderno, con un texto manuscrito en lapicera y le pidió que las leyera.

Les comparto la explicación que su amiga le dio junto con las hojas de papel de cuaderno.

Palabras de un viejo

Ese día llegaba yo muy agitada a mi casa, con la mente aún turbia por las cuestiones de la oficina. El ómnibus[1] demoró más que de costumbre en pasar y para colmo venia lleno.

Decidí detenerme en la cafetería que está a una cuadra de mi casa para tomar un cortado[2] y librarme así de los problemas. No quise que papá se diera cuenta de que había tenido un mal día en el trabajo.

Llovía de una manera atípica para esta época del año y no había salido preparada para la mojadura que me agarré.

Ya me deleitaba pensando en la ducha caliente y el plato de sopa que el viejo me tendría preparado.

Toqué el timbre, como siempre hacia antes de abrir con mi llave. Era como una contraseña que teníamos, no sé con qué fin.

Dejé mi saco mojado colgado en una silla y fui derecho a la ducha, a la vez que le daba las buenas noches a papá en voz bien fuerte para que me escuchara, ya que tenía la tele a un volumen alto. No sentí su respuesta, por lo que me acerqué a su dormitorio y ahí lo vi, descansando de manera profunda y plácida, con un gesto sereno en su cara, casi diría que de satisfacción.

Tranquila, me duché y tomé ese exquisito plato de sopa de verduras que solo él sabía hacer.

Debo confesar que de chica aborrecía las verduras y luchaba por zafar de ellas a toda costa. Pero las razones de la vida hicieron que me diera cuenta de que lo mejor de ese caldo con verdes

1 Transporte público conocido en otros países como bus o autobús.

2 Café que se prepara con muy poca leche.

pastos flotando era el amor que encerraba su preparación y el bienestar que me daba ese *placebo familiar*.

Mi padre siempre fue el clásico hombre duro, jefe de hogar de decisión firme y, aunque en ocasiones errada, nunca discutida. A veces chocaba su personalidad, utópica para los días que corren, con la mía de madre soltera e independiente.

Fui a despertarlo para conversarle un rato y me llamó la atención una carta escrita en un cuaderno al costado de su cama, sobre la mesa de luz, junto a un barco de papel. Como haciendo un arte, decidí no despertarlo y en silencio me puse a leer.

Si flotaran para siempre los pequeños barcos de papel que solíamos dejar correr por los caudalosos mares que se formaban los días de tormenta bajo el cordón de la vereda de la casa... ni gracia hubiera tenido haberlos botado.

Y así es que, como desde siempre, nos alimenta lo efímero. Lo efímero no lucha por permanecer más allá de su naturaleza.

Las cosas son un día, pero es normal que otro día no estén más.

Nunca pensé que yo también era parte de esta realidad natural. Jamás se me pasó por la cabeza que un día iba a contar los años que me quedaban, con la certeza absoluta de que no serían más que los arrugados nueve dedos completos que aun podía contar en mis manos.

Alguien nos hizo moribundos al nacer. Destinados.

He ganado muchas cosas, pero voy a perder tantas que me cuesta trabajo asumirlo.

Ahora me veo sentado en mi sillón preferido. Ese que me compraste, el más cómodo, el que me llenó de escaras el trasero.

Tú jactándote de que ese sillón es eterno solo por el hecho de que ha durado treinta años soportando mi peso sobre él. ¿Qué seré yo entonces? ¿Sabes el peso que llevo y lo eterno que me siento?

Te darás cuenta de que aun soy consciente, que entiendo tus palabras y que no tienes necesidad de hablarme como a un niño. ¿Por qué de todas maneras te sale así?

Supongo que será por lo mismo que a mí me salía cuando tú me mirabas con ojos maravillados, como si vieras a un superhéroe de las tiras cómicas.

¿Sabrás que yo tuve sexo con tu madre para concebirte? ¿Sabrás también que lo volvería a tener si no fuera porque ya no tengo ganas o no puedo tenerlas, aparte de que ya no está tu madre entre nosotros como para intentarlo siquiera?

Estoy cansado, y aún ni siquiera terminé de levantarme.

Mi voz ya está muy suave para mi gusto, quisiera gritar.

Mi porte ya no es imperativo ni convincente y mi aspecto ya no es galante. Mi presencia ya no es digna de atención, más que la que me brindan para sentarme o acostarme.

Ya nadie me pide, sentada en mi falda, que le corte la carne con mi filoso cuchillo, ese mismo que ahora se encuentra herrumbrado al fondo de un cajón. Si supieras lo fácil que era, y lo maravilloso que resultaba tu necesidad de mí.

Hoy noto que el destino me lleva a estar cada vez más ausente, como preparando algo que ni yo sé que es.

Es por eso que decidí hacer un alto en la degradación y, por lo menos por unas horas, agudizar mi consciencia y dejarte en claro de qué se trata esto de ser viejo.

En esta carta espero que se conjuguen los últimos vestigios de consciencia y vigilia que puede darte quien más te quiere, según él.

Estoy viejo, nada más porque no lo puedo evitar.

Tengo muchas cosas lindas en que pensar... cosas lindas que, si no son tú, me aburren.

Pienso en cuando podía hacer un montón de cosas que me gustaban y me sentía feliz por eso. Pero pasa que, si piensas mucho en esas cuestiones, pronto la alegría se transforma en intenso dolor por no poder hacerlas más. Por eso a veces gruño... por nada.

Ser viejo se da así. Un día me despierto y noto que ya no duermo con mi esposa, mi amiga, mi compañera, como hace 57 años lo venía haciendo. Noto, sin embargo, que mi dormitorio está arreglado al gusto de ella, que es tu gusto también.

Me incorporo en la cama, pero tardo cerca de un minuto en hacerlo. ¿Por qué? No lo sé, me da miedo hacerlo de forma abrupta. Aparte, con lo largo que es el día, tampoco tengo apuro en levantarme.

Desgrano mi tiempo contando las mil y una veces en que tendría ganas de no levantarme más. No es un masoquismo caprichoso por poner fin a una existencia tranquila, es ansiedad de que pase lo que tiene que pasar... que pase de una buena vez.

En definitiva, es miedo.

Así como los barcos de papel se van a diluir en el agua, yo me quiero diluir en el recuerdo de mis seres queridos, si fuera por mí, el día de ayer.

Es difícil extender el tiempo en estas condiciones.

Para ti, veinte años es casi toda tu vida... para mí es ayer. El pasado para mí es algo más lejano, algo más radical.

Cuándo ya no puedes planear las cosas a futuro, ¿qué queda? ¿Pensaste alguna vez en eso? Yo ya no pienso en mañana, porque no sé si voy a poder participar de él. Tampoco pienso en el presente, no me gusta lo que veo en el espejo, ni en la tele... no me gusta.

Antes yo no tenía tele y se me escapaban muchas cosas que hoy, en realidad, quisiera que se escaparan. Quisiera haber podido cambiarte el mundo y convertirlo en un lugar más digno de ti.

Me queda el pasado. Pero claro, siempre pienso que pudo ser mejor. Cuántas cosas me quedaron por hacer, cuánto más te podría haber dado, a cuántos les podría haber dado más y mejor.

A pesar de todo eso, yo fui lo que fui y sé que tú vas a tomar de eso lo mejor.

Ojo... no estoy desconforme, solo me gustaría tener una segunda oportunidad para aplicar lo aprendido. Y pasa que no estoy a tiempo... tampoco tengo fuerzas.

Sé que tú lo vas a hacer... porque así funciona todo. Y eso me hace feliz.

Sé que cambiaría infinitamente los momentos cuando yo partía en esos viejos y maltrechos barcos de pesca, permaneciendo mar adentro durante meses buscando el sustento y un buen pasar para ustedes, por subirte a mis hombros y salir corriendo como un loco por la calle, cantando la canción de moda que más te guste, o sonando una sirena imaginaria que nos abriera paso entre la gente.

¿Sabes? Cambiaría las veces que quise explicarte cosas sobre tu crecimiento y educación y lo que me salió fue un rezongo, por un baile abrazados juntos con tu madre, los tres, en el patio de la casa bajo las uvas del parral, gastando las baldosas.

Hoy miraría con orgullo las marcas que hubiéramos dejado en las mismas, nunca cambiaria esas baldosas.

Le quedé debiendo muchos, demasiados bailes a la vieja rezongona de tu madre, y a ti otros tantos.

¿Recuerdas cuando discutía con ella? ¿Sabes cómo silenciaría las palabras con un beso? Y si cuando apartase mis labios, continuara sin entender mis fines de paz, la seguiría besando hasta que se me ampollaran los labios. Y cuando por fin estuviera en silencio y se le fueran las marcas de la frente fruncida, creo que no haría otra cosa más que besarla de nuevo.

No me olvido de esas fiestas en las que le pediste con encarecimiento a los reyes magos que, por favor, te trajeran aquella muñeca que hasta más grande que tú era, y sin dudas más grande que mí bolsillo, esa que nunca vino.

Hoy sé que si juntaba una moneda por un solo pucho[3] menos al día durante todo el año, hubiera convencido a los reyes de que te trajeran no una, sino tres o cuatro de esas.

Cosas al azar que se me van ocurriendo y me doy cuenta de que podrían ser tantas como las vividas.

Ya descubrí que quizás no hay más allá. Lo sé hace mucho tiempo. Ya me di cuenta de que la fe es para los que se quedan, para vivir sin remordimientos por los que se van.

3 Colilla del cigarro. En ocasiones, sin embargo, se emplea para referirse al cigarro completo.

Te digo que eso asusta otro poco y a la vez me tranquiliza, porque hoy, sin más allá, tú ya tienes un lugar a mi costado, en mi propia versión de la eternidad.

Con todo esto no pretendo generarte lástima, sino obtener tu incondicional perdón. Pagué caro el curso de padres y falté a muchas clases.

Quiero que sepas que la edad ha destruido muchas cosas en mí, pero aún no ha podido con mi sentido de la realidad y que, aunque a veces no me salgan bien las palabras, sí las pienso y siento.

Me parece que me levanté muy rápido hoy, todo me da vueltas en la cabeza.

Te pido algo: si mi senil destino se hace presente en muy poco tiempo, dile a quien se encargue de tratar de curarme de la vejez que ella se vive como llega, que no me la duerman y que no la alarguen más de lo que sea natural. Ese ya no voy a ser yo.

Te ama, tu viejo

Me sequé las lágrimas que, sin querer, se me escurrían por la cara y lo miré con dulzura.

En ese momento supe que él ya no despertaría más, pero con sus artes de viejo logró no dejarme nada en el tintero.

Y nos quedamos en paz.

Capítulo 4

La paz que sintió su amiga no era felicidad, pero entiendo que es el estado latente de la misma. La felicidad verdadera y durable se logra cuando tomamos consciencia de estar en paz.

Por definición, paz es la «situación o estado en el que no hay guerra ni luchas entre dos o más partes enfrentadas». Las partes que se enfrentan en nuestro vivir son producto de nosotros mismos o, en su defecto, de un agente externo que perturba nuestra tranquilidad. El cómo se asuma determinará o no llevar la situación hacia la paz.

La vida es un suceso hermoso, cargado de buenas intenciones y lleno de incertidumbres y acontecimientos. Por supuesto que no todos esos acontecimientos serán lindos, ni todas las incertidumbres se esclarecerán, pero depende tan solo de nuestra *actitud* obtener el mejor resultado a nuestro interés.

El otro día un amigo, de forma irónica, me dijo en respuesta a la típica pregunta de si se encontraba bien:

—El doctor me dio la noticia menos esperada, la que nadie quiere escuchar. ¡Confirmó mis peores sospechas! ¡Me estoy muriendo! Según su estimación, me quedan treinta, máximo cuarenta años de vida. Claro, todo esto si antes no surge alguna complicación que acelere el proceso.

»Recetas de todo tipo, mirar al cruzar, no concurrir a lugares peligrosos, alimentarme bien, hacer algo de deporte, etc.

»¿Y ahora cómo le digo a mi familia? ¿Cómo hago para que entiendan que me siento bien y que este proceso lo voy a asumir con la entereza emocional que me caracteriza?

Su respuesta me sacó una sonrisa y a su vez me dejó pensando que de eso se trata. ¡Nos vamos a morir! No hay nada más absolutamente cierto que eso. No es algo que podamos arreglar o sustituir por otra cosa, eso va a suceder, sin lugar a dudas.

Pero, ¿y mientras eso no sucede? ¿Qué podemos hacer? ¡Por supuesto que cualquier cosa! Lo podemos hacer todo y lo mejor es que podemos decidir qué, cómo, cuándo, y cuánto hacer.

Podemos despertarnos y sentir que vamos a padecer otro día más o despertarnos con la seguridad de que todo puede suceder ese día y que de nosotros dependen los logros obtenidos al final del mismo.

No es un tema de duración sino de contenido.

De seguro las personas que más han trascendido en la historia tuvieron una vida corta o realizaron sus logros en un corto periodo de tiempo.

Nunca es temprano, nunca es tarde, nunca es demasiado largo ni nunca es demasiado corto para hacer algo que nos brinde paz y plenitud.

Estamos regidos por algo que nosotros, en efecto, podemos controlar y programar, y eso es nuestra *actitud* hacia las cosas.

Les voy a poner otro ejemplo sobre esto que me lo describió mi hermano Gustavo, quien trabaja, entre otras cosas, como pescador. Esta historia que él me cuenta no hace más que reafirmar el poder de la *actitud* por sobre las cosas que nos suceden o pueden suceder.

El sur del capitán

—Gurí[4] —dijo el capitán Gómez con voz tranquila—, me avisó recién por radio la Tamara —así se llamaba la chalana gemela a la nuestra— que se nos viene soberbio temporal. No nos molestemos en levantar nada porque se viene muy rápido y fuerte, hay que rumbear a puerto ya.

El temporal estaba anunciado, por eso nos quedamos muy cerca del puerto.

Estábamos media milla mar adentro, frente al médano de La Virgen de Costa Azul. Es decir que estábamos a una milla y media del puerto de La paloma, o lo que es lo mismo, a media hora o cuarenta minutos de viaje, según la corriente y el peso.

Para Gómez, el capitán de La Ilusión, vieja chalana de nueve metros en la que navegábamos, el temporal se venía por el sur, atrás del puerto y escondido de nuestra visual. Por eso no nos habíamos dado cuenta.

Rumbear para el otro lado, imposible. Decenas de millas sin resguardo. Por suerte veníamos casi sin carga, unos doscientos kilos de corvina, pescadilla y merluza. De todas maneras, el temporal nos iba a alcanzar sin dudas.

Mientras Gómez encendía el motor, yo acomodaba algunas artes de pesca bajo cubierta para que no las barrieran las olas.

En la precaria cabina de compensado se podía escuchar el zumbido de la radio banda marina cortado de manera aleatoria por el ruido de descargas estáticas. Gómez golpeó el vidrio del parabrisas y me hizo un gesto indicándome que entrara. Esas

4 Niño o muchacho. Se suele emplear para referirse a otra persona significativamente más joven que el hablante.

descargas estáticas eran rayos que interferían en la radio, y por lo que se escuchaba, eran muchos y muy seguidos. No sería el primer pescador que sirve de antena a un rayo en el mar. De lejos vimos entrar a la Tamara a puerto, apaciguando sus movimientos en las tranquilas aguas de la ensenada.

Unos segundos más y nosotros ya estábamos dándole pelea al viento, la corriente, las olas, los rayos y la lluvia. Todo lo que los marineros más respetan, aunque esta vez con el condimento de que todos esos fenómenos estaban juntos y en contra, ya que venían del sur y hacia el sur íbamos nosotros.

Parapetados en la cabina el día se hizo noche, la antena del puerto desapareció ante nuestros ojos y la espuma de la rompiente de la playa ya no se identificaba porque todo era rompiente.

Nuestra chalana, si bien era chica para el océano, era de madera fuerte, bien construida por carpinteros del lugar que saben a lo que se va a enfrentar, con la proa alta y la estructura sólida. De todas maneras, como al dueño no le importaba mucho que digamos el mantenimiento, la seguridad de sus barcas ni de sus marineros, sino que más bien le importaba el dinero que las mismas puedan producirle, Gómez y yo estábamos algo más que sentenciados, aunque ninguno de los dos lo admitiría nunca.

El sistema artesanal funciona así: el propietario nos alquila la barca, nos vende el combustible y nos compra la producción a su precio. Nosotros salimos y si pescamos ganamos algo, si no pescamos o rompemos debemos mandar reparar y debemos el dinero para la próxima. Para él es ganar o ganar, para nosotros es perder lo menos posible para algún día ganar, siempre soñando con tener la barca propia.

El problema es que el dueño tiene los permisos de pesca artesanal que deberían ser nuestros, de los pescadores. Pero se ve que, para quien los otorga, el dueño de las barcas es un artesano en conseguir permisos.

No hay salida al mar que no involucre conversaciones de sueños con barcos propios y pescas abundantes.

A estas alturas, la bomba de achique ya escupía agua para afuera en un intento desesperado por mantenernos a flote. Los embates de las olas de frente llenaban nuestra visual de espuma y sal dejándonos ciegos e impotentes ante los elementos.

La barca se volvía cada vez más pesada y lenta por el agua que se acumulaba en la bodega. Gómez me pidió que me asomara afuera para indicarle si veía la farola de La Aguada o de la escollera. Asomé la cabeza por la ventana y mi cara se mojó al instante. ¡El agua estaba helada! Miré a mi derecha, entré la cabeza otra vez y le dije:

—¡Gómez, lo único que se ve, a unos doscientos metros adelante, es el médano de La Virgen, nuestra referencia!

¡En media hora de exigencia al máximo del viejo motor Perkins habíamos retrocedido doscientos metros y nos estábamos llenando de agua!

—¡Gómez, estamos fritos! —le grite muy nervioso.

—¿Tú dices, gurí? —me contestó impasible, mientras terminaba de armar un tabaco.

—Gómez, ¿estás bien? ¿No ves que nos estamos llenando de agua y que estamos yendo hacia atrás en vez de ir para el puerto?

Gómez me miró con cara sonriente y me cuestionó:

—¿No era que tú hacías *surf* de chico y habías nacido prácticamente en el agua?

Preferí no contestar. «¿Quién me había metido en este lío, con un viejo loco?», pensaba.

—¿Cuánto queda de gasoil? —me preguntó.

—Nada, esto se nos apaga en cualquier momento —contesté.

—Excelente. No me gustaría contaminar la playa —me dijo.

—¿Lo qué? —balbuceé.

—¡Que te agarres! —respondió.

Ahí mismo sucedió lo inimaginable: el tipo agarró el timón, lo giró con violencia a la derecha y puso el motor a media marcha. Las olas se nos metieron por el costado por unos minutos, golpeándome varias veces contra las paredes de la cabina ya que no me podía agarrar bien. Pensaba en qué cosa estaría viendo ese hombre y que yo no podía ver. Yo solo veía pura espuma y agua.

De repente, la barca se aceleró de golpe. Gómez, maniobrando el timón de un lado para otro como si estuviera piloteando un auto de *rally*, me mira y me dice:

—¿Y, gurí? ¿Te gusta? ¿No te hace acordar a tus épocas de surfista?

En segundos se escuchó cómo el casco topaba con la arena y el movimiento se detuvo de pronto. Nos bajamos en la playa por la proa y ahí me di cuenta de que Gómez salvó nuestras vidas haciendo surf con una chalana de madera de nueve metros, tres toneladas y un viejo Perkins casi sin gasoil.

—¿Y ahora? Hay que avisarle al dueño, ¿no? —le pregunté sin caer, en verdad, en lo que me acababa de pasar.

—Anda a tu casa a bañarte y dormir, que el dueño se va a enterar, gurí... ya se va a enterar —me respondió Gómez con sorna mientras fileteaba algunas merluzas bajo la lluvia y en la arena misma.

Y el dueño se enteró. Nos costó tres salidas gratis sacar la chalana de la playa, los arreglos y la pesca perdida, pero cada una de ellas fueron las mejores de nuestras vidas porque lo podíamos contar. Y ahora, entre los pescadores artesanales, éramos leyenda.

Capítulo 5

El problema puede surgir sin que lo podamos evitar. Llegado el mismo, podemos sufrirlo o intentar resolverlo, abandonarlo o afrontarlo, sucumbir o solucionarlo.

La experiencia ayuda y mucho, pero más ayuda la *actitud.*

Hace un tiempo, pensando sobre problemas normales de cualquier persona —deudas, trabajo, estrés etc.—, se me pasó por la cabeza dimensionar las circunstancias que pueden llevar a una persona a quitarse la vida. Ahí recordé que tenía en un cajón una nota de alguien que había tomado esa decisión, por suerte con poco éxito.

Un día su psiquiatra le pidió que se escribiera a sí mismo. ¿Qué se escribiría en el supuesto caso de que en realidad lo hubiera logrado? Es decir, ¿qué se diría él a sí mismo si de verdad se hubiera quitado la vida?

Luego de escribir esa nota, su vida cambió.

Para vivir, hay que vivir

Fallecí anoche y no resultó como esperaba.

Mi idea era morir y salir de los problemas, pero el temor a seguir con consciencia y sin cuerpo para solucionarlos se hizo realidad.

Las deudas desaparecieron, pero mis manos también.

La herida de amor continúa firme y profunda como antes, pero mis pies para alejarme ya no están.

No sé si sigo calvo, no tengo espejo para corroborarlo y quizás tampoco cabeza.

No estoy chueco, no estoy jorobado, no estoy cansado, no tengo acné, no estoy de mal humor, no estoy con esa maldita migraña, no estoy incómodo... es que no estoy.

Desde un lugar veo a los que quedaron. Los veo ir y venir, charlar y discutir, reír y llorar. Los veo abrumados y distendidos, heridos y curados. Los veo vivos y lamento lo que no tengo.

Hoy, ya tarde, sospecho que la virtud de vivir no es más que olvidarse de que vamos a morir o, aun recordándolo y mientras lo hagamos, posponer su llegada y darnos la oportunidad de sonreír, aunque sea una vez más.

Reconozco mi cobardía y me avergüenzo. Es que no supe manejar un obsequio tan grande. No entendí el amor, trabajo y valentía de mis padres. No entendí lo gratuito de una amistad ni lo barato de una traición.

Me creí tan importante suponiendo que no era feliz y que necesariamente debía serlo, que no me tomé el tiempo de aprender cómo.

Floto con nervios entre la gente buscando explicaciones o consuelo. Recorro mi barrio, mi ciudad y el mundo entero.

En una avenida, un loco de aspecto desgarbado y maloliente parece hablarme. La gente lo esquiva para continuar su marcha. Siento que me mira, alza su mano como si quisiera tocarme y una lágrima cae de su mejilla. De pronto ríe a carcajadas y eso me irrita. Lamento haber perdido el tiempo.

Me voy y su risa sigue por más lejos que esté.

Sin dudas, aún no entendí nada...

El doctor que atendía a esta persona le pidió permiso para usar esa carta con otros pacientes ya que, a su entender, sintetizaba lo ilógica que era la lógica de quitarse la vida.

Yo, con el mismo permiso, se las comparto a ustedes.

Capítulo 6

Hoy cuando me despierto, sonrío. Me sale solo y natural.

Me levanto y desayuno lo más sano posible. Pongo música y me baño cantando de forma horrible, según opinan en mi casa.

Me visto con ropa cómoda y me tomo diez minutos para traer a mi consciencia lo agradecido y feliz que me pone haberme despertado vivo otro día más.

Salgo a caminar siempre, ya que afuera está el mundo, en mi casa solo está mi techo.

A veces solo camino unos minutos y a veces más de dos horas. Lo que tenga ganas, ni más ni menos. Lo que nunca hago es dejar de salir a caminar.

El contacto con lo que hay afuera refuerza mi idea de que soy un ser natural y el contacto con la naturaleza me hace mucho bien.

A veces me duelen un poco las rodillas y eso hace que piense: ¿qué haré si un día ya no puedo caminar? Al principio esta idea me generó algo de preocupación, pero de inmediato pensé en lo afortunado que soy hoy.

¿Por qué nos preocupamos por lo que podría pasar?

Sin dudas mejor es cuidarse, ocuparse del ahora, y si mañana sufrimos un revés de salud hacerse cargo de que eso puede pasar por el simple hecho de estar vivo. Ese hecho y la conciencia de estarlo es lo primero y más importante.

Lo segundo es quererse. Pero no quererse como Narciso. Quererse por ser consciente de existir. Lo importante de ese hecho y lo agradecido que uno debe estar por eso.

Ahí es cuando me viene a la memoria lo que una vez me acercó una mamá en una charla sobre la actitud de vida de su hijo.

Panza de agua

Faltaba como media hora para que Panza de Agua abriera.

Mi primer trabajo, mi lugar fuera de casa, mi ingreso al mundo de los grandes, era esa pequeña casa de comidas en el centro de la ciudad. Una generosa vidriera dejaba ver todo el interior, su mostrador con cuatro bancos altos para comer al paso, la caja registradora, la plancha, la freidora y dos heladeras. Con esas sencillas herramientas José hacía magia. Lo conocí el día que entré titubeando y lleno de nervios a dejar un currículum.

Recuerdo ese día como si fuera hoy. Golpeé el vidrio de la puerta ya que no sabía si estaba abierto y desde adentro surgió una voz fina y estridente que me decía que pasara. Se trataba de Marta, la socia de José. Una mujer baja, gordita y de risa permanente.

—Permiso. Si me permite, le quería dejar un currículum, por si llega a precisar alguien para trabajar —dije.

Apoyé uno de los diez papeles que había escrito con mis datos sobre el mostrador y me di media vuelta intentando salir lo más rápido posible de ahí, ya que estaba a punto de desmayarme de vergüenza.

Estaba llegando a la puerta, creyendo haber logrado dejar mi primer currículum, cuando de repente una voz áspera y ronca me dijo:

—¡Espere un momentito, joven!

Quedé estático un segundo que pueden haber sido treinta. En ese lapso pensé que algo no andaba bien. Se suponía que yo iba a dejar decenas de esas hojas en los comercios de la zona y que luego me iría para mi casa con la tarea cumplida de haber trabajado buscando trabajo, no que iba a hablar con alguien al respecto.

—¿Qué edad tienes? —me pregunto la misma voz.

—Quince, para dieciséis en unos días —dije mientras me daba vuelta.

Ahí lo vi a José. Hombre alto, fornido, unos quince años más que Marta, con boina, túnica blanca y un escarbadientes en la boca.

—Venga, pase por acá y cuénteme que sabe hacer —me dijo el hombre.

Pasé por el costado del mostrador con la cabeza gacha, de nuevo pidiendo permiso y ahí él me dijo una frase que guio mi vida de trabajador:

—Joven, levante esa cabeza porque lo que usted está haciendo no es nada de lo que avergonzarse, usted está ofreciendo su trabajo y eso es lo mejor que puede ofrecer una persona. Ahora, lo que usted me tiene que decir es por qué yo debería tomar ese ofrecimiento.

Esas palabras merecían una contestación contundente que en ese momento yo no tenía. Así que lo que me salió fue:

—Yo, si fuera usted, me tomaría a prueba y así tiene tiempo para decidir si sirvo o no.

—¡Corajudo el chiquilín! —le dijo José a Marta, quien me miró y sonrió. Va... en realidad, como ya les dije, ella siempre estaba sonriendo, pero en ese momento yo no lo sabía.

Eran las nueve de la mañana y ese día yo ya quedé trabajando en Panza de agua.

Con nueve currículums en el bolsillo pasé todo el día vendiendo comida puerta a puerta en los comercios de la zona. No hablamos de paga, no hablamos de horario, apenas me explicaron las tareas. De mañana salir a ofrecer el menú del día con un cuaderno y anotar los pedidos, luego ayudar en la cocina, luego repartir los pedidos, luego limpiar la cocina, luego salir a cobrar y por último rendir cuentas.

Sobre la paga me di cuenta solo, sin que me lo dijeran. Todo lo que sobrara de la cuenta final era para mí, aparte de la comida del medio día. Esto implicaba que debía ser simpático, respetuoso y rápido si quería aumentar la propina al final del día. Principalmente debía ser bueno con las cuentas, el cambio y el manejo del dinero en general. El primer día gané ochenta pesos pero me faltaron veinte, por lo cual me llevé a mis bolsillos sesenta pesos. Esos sesenta pesos eran míos y fruto de mi trabajo. ¡Qué sensación tan majestuosa!

Llegué a casa saltando de alegría. Mamá estaba en un ataque de nervios ya que no había ido a comer al medio día como le dije y tuve que explicarle con rapidez lo que había sucedido.

¡Me había pasado todo el día trabajando y me había gustado mucho!

Le mostré a mamá los sesenta pesos como si fueran mucho. Separé treinta que se los entregué y los otros treinta los volví a poner en el bolsillo.

Con el correr de los días fui aprendiendo el oficio y al tiempo ya era el mozo favorito de la cuadra.

Saludaba a todos y todos me saludaban. Mi carisma de joven simpático atraía buenas propinas y ese dinero extra que entraba en casa a su vez subía mi autoestima. Cierto día le dije a mamá que de noche iba a estudiar. Quería terminar el liceo y quizás, el día de mañana, estudiar una carrera, alguna tecnicatura o licenciatura sobre alguna materia que me gustara. Este trabajo me estaba haciendo creer que todo lo podía hacer y que mi síndrome o imposibilidad era compatible con vivir con plenitud.

Así fue que, a la salida del trabajo, me iba de manera rápida al liceo y de ahí a casa a descansar para al siguiente día volver a iniciar la misma rutina.

Siempre fui consciente sobre mi diferencia. Mamá me lo explicó y a su vez yo lo supe comprender. No recuerdo las tecnicidades, pero algo sobre un cromosoma mal enganchado y las estadísticas fue lo que me pasó.

Aprendí a vivir con mi condición y a su vez a apoyarme en ella. Cuando algún gracioso hacía notar en mi desmedro su condición de normal, yo atinaba a preguntarle si se refería a mi cara aplanada, a los ojos rasgados hacia arriba, a mi cuello corto, a mis orejas pequeñas o todo a la vez. Casi siempre esto determinó que el atacante desistiera en su intención y con muchos logré formar una fuerte amistad.

Soy de los que me rio de mis cualidades y defectos. Es que dicen que la vida será corta y, por tanto, no hay tiempo más que para ser feliz.

El caso es que, con respecto a mi trabajo, por mi parte iba muy bien, pero la crisis hizo que yo ganara más con las propinas que José y Marta con lo que sacaban del negocio.

Pusieron el local en venta y me pusieron sobre aviso que era posible que yo quedara en breve sin trabajo. En realidad, yo me lo tomé muy bien ya que a estas alturas estaba más enfocado en el estudio que en el trabajo, por lo que me vendría bien un descanso.

Cierto día que estaba solo en el local limpiando el mostrador, entró una señora acompañada de un señor. Muy elegantes ambos. Les di los buenos días y ellos, luego de saludarme, me preguntaron:

—¿Se encuentra algún mayor o responsable? —a esas alturas yo ya contaba con veinte años.

—Está hablando con él —le respondí. Se miraron, y luego de hacerse un gesto de ternura, como los que se hacen al ver a un patito nadar en un estanque, me dijeron que ellos querían hablar con el dueño del establecimiento.

—El mismo. ¿En qué les puedo ayudar? —contesté. No era la primera vez que hacía este tipo de bromas, supongo que gracias a la predisposición por salir por la tangente ante los planteos agraviantes.

La pareja pituca[5] se miró un momento y resignados me consultaron cuánto pedía por el local comercial.

—Cuarenta y cinco mil dólares —respondí sin dudar, creyendo que se trataba de una cifra tan desorbitante que los haría retirarse sin más.

Me pidieron un momento, salieron, hablaron afuera y al minuto entraron y me dijeron:

—Trato hecho.

Tragué saliva y les dije:

—Jamás deshecho —mientras les extendía mi mano.

La interna de lo que sucedió los días posteriores no la sé. Lo que sí sé es que de verdad estos señores compraron el local y además me tomaron como empleado. Esta vez en caja, con un sueldo fijo y encargado del mostrador.

---

5 De acuerdo a la situación puede referirse a una persona muy arreglada o a una persona presumida.

Meses después debí abandonar porque no era compatible tanto trabajo con la facultad.

Alguien me dijo que aún hoy, en la zona de repuestos de la calle Galicia, se escucha la leyenda del chico con síndrome de Down que vendió un negocio y logró un ascenso, todo eso con un «trato hecho… jamás deshecho».

Capítulo 7

Si no nos sentimos agradecidos de estar vivos todas las mañanas, tenemos algo que resolver. Más temprano que tarde.

Los días pasan uno tras otro de forma inexorable, y un día no disfrutado es un día perdido. Nadie nos lo va a devolver.

¿Y la actitud de los demás? ¿Las actitudes de las personas que interactúan con nosotros? Bueno, ahí también debemos programarnos. Nuestra actitud sobre la actitud de los otros puede hacer la diferencia entre un problema pequeño, mediano o gigante.

¿Cuántas veces interactuamos con alguien y sus acciones no nos gustan o nos causan rechazo? Existirán muchas ocasiones en las que eso nos va a suceder, pero dependerá de nosotros lo que resulte de esas interacciones.

Les pongo un ejemplo.

El accidente

Todo sucedió un día frio, o quizás agradable y el desabrigado era yo.

—Yo venía bien —me repetía una y otra vez en la cabeza antes de tomar la decisión de bajar de mi oxidado Volkswagen escarabajo del 62.

Llegué a una edad donde siento que estoy lleno de buenas intenciones y la diferencia entre ser gente o bicho solo está en algunos chisporroteos neuronales.

Luego de un segundo y un mal análisis en el cual, sin dudas, no usé ni media neurona, abrí la puerta del auto con violencia, me bajé y fui gritando improperios al del auto de adelante. Precioso auto rojo, nuevito.

Se abrió la puerta y ahí me calmé al instante, como si me hubiera empachado con tilo. ¡Pero qué tamaño de persona se asomó de ese vehículo! ¡Y qué cara de maldad!

Con una voz muy gruesa y sin gritar me dijo:

—¡Me chocaste!

Y yo ahí me puse a pensar: «si doblaba en vez de seguir no hubiera chocado, pero tenía que doblar o seguir, y choqué». Tan simple, tan complejo.

Recordé que de chico si caminaba marcha atrás me sentía un viajero en el tiempo. Podía desandar el camino y tomar otra decisión.

Y eso hice. Despacito empecé a caminar hacia atrás, pero, para mi sorpresa, el *troll* gigante caminaba hacia mí con la misma suavidad. El no retrocedía volviendo a su auto. Algo me decía mientras se me venía encima, pero yo no le entendía nada.

El sol me daba en los ojos y en breve también lo haría una de las manos gigantes del tipo, cerrada.

Se me presentó el ocaso, donde el sol se deforma instantes previos a desaparecer en el horizonte. Sin culpas, sin explicaciones. Solo se va de la forma que quiere.

El sol seguía en mi cara y me hizo estornudar.

—Salud —me dijo el hombre mientras me levantaba con una mano, agarrándome de la ropa.

—¡Salud es lo que me falta! —le respondí. ¡Juro que lo dije por costumbre!

—¡Es lo que te deseo, tarado!

Irónicamente, mientras me deseaba salud por mi estornudo efectivizó el golpe que yo tanto temí. Quedé haciendo una guiñada permanente que pronto tomó un tono morado muy feo.

Me soltó, se dio vuelta y se subió a su auto divino.

—¡Te pago el arreglo! —balbuceé.

—El tema no pasa por la plata —me dijo mientras se iba.

Asentí con energía, sabiendo que él tenía razón en todo lo que dijera por siempre jamás.

Cuando me expuso su problema, me urgió una solución que él mismo me dio en forma de golpe, sin darme tiempo a plantearle el mío, que yo mismo acababa de crear, el cual era en forma de dignidad y que hasta hoy espera. Me dejó un ojo negro y se fue tranquilo a seguir su vida.

Más allá de la ironía de esta historia, lo cierto es que la actitud de confrontar y esperar a que el otro entienda nuestras razones no suele salir bien. Cuando uno se enoja pierde capacidad de comunicación efectiva.

Capítulo 8

Hay personas que, por distintas circunstancias, carecen de esa comunicación efectiva y van por la vida como pueden, actuando y reaccionando de forma refleja ante lo que la vida les pone adelante.

Les pongo otro ejemplo con una historia a la cual yo llamé...

El zapallo

Don Guillermo no entendía de doctores ni medicamentos.

Hombre criado en la campaña profunda. Sabía que si la tripa se le arremangaba, nada mejor que dos hojas de carqueja en el mate. Si la mente le amanecía nerviosa, unas hojitas de marcela o cedrón. Y si lo agarraba un ataque de fatiga, lo mitigaba con una buena jornada de catorce horas de trabajo firme, para que el cuerpo deje de quejarse por bobadas.

Nunca pisó una farmacia, ni sabía bien qué vendían ahí. Por su mente no pasaba la idea de recurrir a comprar cosas que mitiguen las consecuencias de la vida misma. Si duele, es porque algo se hizo mal y hay que hacerse cargo.

Persona metódica para sus labores, tenía un procedimiento para todo. Si tenía que arriar a los animales, lo hacía entre las cinco y las seis de la mañana, ya que su experiencia le dictaba que a esa hora el ganado estaba más dispuesto a aceptar cambios de lugares ya que venían de la inseguridad nocturna. Luego de que el animal pasó un día entero en un mismo lugar, se asienta, agarra seguridad y le cuesta más desplazarse.

Eximio jinete, tosco para el habla, hábil con el cuchillo y manso para vivir, esas eran las características de nuestro hombre de campo.

Las emociones no eran su fuerte, no sabía ni tenía por qué demostrar dolor, amor o alegría. Eran solo él, su rancho y sus animales a no menos de veinte kilómetros a la redonda.

Si bien los predios vecinos no le pertenecían, sus dueños no venían a ellos desde hacía mucho. Cierto día, todo esto cambió de manera radical. En el campo lindero apareció un muchacho con nombre foráneo.

—Buenas tardes, don. Mi nombre es Anthony, hijo de don Nires, y voy a ser su vecino por un tiempo. Mi padre me encomendó el cuidado de su predio ya que otra cosa parece que no sé hacer.

—Ujum... —respondió don Guillermo, sin más.

—Mi padre me habló mucho de usted.

—Ujum.

—Bueno. ¡Un gusto!

—Ujum.

Don Guillermo nunca había escuchado hablar tanto en su vida. Se sintió abrumado por tanta información nueva y se fue a su rancho a pensar.

A don Nires lo conocía, pero hacía como treinta años que no lo veía. Más o menos el mismo tiempo que no compartía con nadie de su entorno. No le quedaba claro si esto sería un problema o una oportunidad, y como no sabía prejuzgar, decidió esperar a que los acontecimientos le respondieran esa pregunta. Dicen que los zapallos se acomodan solos en la carreta durante el viaje.

Venida la noche, don Guillermo decidió a la que mañana carnearía un cordero e invitaría a su nuevo vecino con un poco de asado. En el nuevo día, ni bien despuntó el alba, don Guillermo ya tenía un animal colgado y asentándose para la faena.

Mientras afilaba su cuchillo contra la piedra, escuchó movimientos en la casa de su nuevo vecino. Levantó un poco la vista y vio que el joven sacaba de la casa unas cajas negras gigantes, como baúles.

«De seguro esté acomodando sus cosas para irse, se aburrió», pensó esperanzado don Guillermo.

Ya afilado como navaja el cuchillo, se aprestó a insertar la punta del mismo en el animal que se encontraba inerte cuando, al momento de la incisión, una voz desgarradora gritó:

—Lauraaaaa, se te ve la tangaaa.

Todo fue uno: el grito de la persona libidinosa que se aprovechaba de la situación de una tal Laura, a la cual su vestimenta no cubría la totalidad de partes que no debían estar a la vista, y el zafe del naife que, con un movimiento involuntario, le seccionó dos dedos de su mano hábil.

De todas maneras, guiado por el instinto don Guillermo pasó el naife a su otra mano y medio agachado buscó con desesperación al malandrín para arremeterlo a estocadas.

Parecía que dentro de las cajas negras era donde ocurría todo el alboroto. Se acercó a los baúles, siempre escudriñando el entorno por si aparecía un ataque de garrón, y ya al lado de las cajas escuchó al mismo sotreta que le decía a la infortunada mujer:

—De lo rápida que sos, vos te sacas… y le das pa'bajo, pa'bajo, pa'bajo, pa'bajo y pa'bajo.

El primer cuchillazo abrió un tajo en la caja en un círculo negro del tamaño de un disco de arado, y luego al ver que el hombre se pasó para la otra caja como por arte de magia, se ensañó con el otro baúl.

A pura estocada y desgarre logró callar al violento, aunque no pudo encontrar ni al desubicado hombre ni a la dama en apuros.

Poco a poco se fue dando cuenta de que no existía tal truhan ni agraviada, y de que la violenta situación no era más que algún tipo de manifestación seudoartística de esta era.

Ya más tranquilo y en silencio, miró su mano hábil y vio que, al levantarla, tres dedos permanecían erguidos mientras otros dos colgaban del lado opuesto de la mano por un pequeño jirón de carne y piel.

En ese momento apareció Anthony, quien miró el desorden y le dijo:

—¿Qué hizo, don Guillermo? ¡Me hubiera pedido que bajara la música en vez de destruir mis parlantes!

—Ujum —le dijo mientras levantaba su mano seccionada en forma de saludo, mostrando sus tres dedos.

—¡Pero usted está loco! ¡Es un peligro!

—Ujum.

—Me voy a la mierda de acá.

—Bueno. ¡Un gusto!

Y así partió el vecino, quien no llegó a darse cuenta de que el hombre le había hablado más que a nadie en mucho tiempo.

Don Guillermo se sentó en un tronco en la puerta de su rancho, mirando sus dedos colgando y en la otra mano el cuchillo. Pensaba si sería mejor sacar el problema o ponerlos en su lugar a ver si se pegaban solos. En eso estuvo un rato hasta que la pérdida de sangre lo desmayó.

Y ese hubiera sido el fin de don Guillermo. Un fin digno, tranquilo, soñado. Pero como vueltas tiene la vida, resultó que cuando el vecino, que había partido, volvió a buscar los restos de sus parlantes para mostrarle a su padre la barbarie, encontró a don Guillermo tirado desangrándose.

Lo cargó y lo llevó al hospital del pueblo más cercano, donde no solo le salvaron la vida, sino que le pudieron pegar los dedos de la mano.

Cuando don Guillermo despertó, se encontró en un cómodo catre, con ropa de cama blanca y un vaso de agua limpia en una mesita. A su lado, sentado, el vecino.

Quiso reaccionar y decir algo, pero prefirió solo mantener los ojos entreabiertos y esperar.

De fondo, una linda melodía decía:

—Lauraaaa... se te ve la...

Sus dedos, pegados hacía poco, se movieron al ritmo de esta pegadiza cumbia.

El zapallo se acomodó solo en la carreta. Nunca falla.

Capítulo 9

La vida nos cruza con otras personas y eso es bueno.

Es cierto que a veces nos cruza con personas que están del otro lado de la vereda de nuestra paz. Pero, de todas maneras, lo que debemos tener siempre presente es que podemos alejarnos de esas personas para mantener nuestro espacio de tranquilidad en cuanto detectamos el peligro.

También es cierto que podemos no darnos cuenta, ya que a veces nos cruzamos con seres que se dedican a la maldad y lo hacen de forma camuflada. «Lobos vestidos con piel de cordero», como le pasó al protagonista de la siguiente historia.

Maldito minuto 11

Cada vez que la extraño, más me cuestiono lo imbécil que soy.

El día que la conocí algo me dijo que la cosa era sospechosamente fácil, pero pensé que, como dicen, para todo roto hay un descosido.

Al medio minuto de conversación, me preguntó si tenía un papel para anotar su número de teléfono. Busqué en mis bolsillos y encontré un boleto usado. Se lo di mientras le preguntaba si precisaba lápiz.

—No, lápiz siempre tengo —me dijo. Sacó un pequeño lápiz gastado y mientras escribía murmuró—: El lápiz no sabe lo que voy a escribir con él. De todas maneras, siempre está dispuesto.

Por lo general, en las filas no soy amistoso. Me pongo incómodo, estoy siempre alerta. En realidad, en las filas me sale el inspector y controlo a todo el mundo que parece sospechoso de colarse.

Por alguna razón, este no fue el caso. Ante su gesto cortés yo respondí con igual intención y al finalizar la interacción le extendí mi mano para no parecer confianzudo. Ella respondió con ambas, una apretando mi mano y la otra en mi muñeca, como refrendando el saludo. A su vez me estampó un beso, de los que suenan, en la mejilla.

Más claro échale agua. Había hecho un prometedor contacto en la fila de espera del local de cobro.

Realicé los pagos que debía hacer, y ya desprovisto de todo bien material salí a la calle seguro. Si por casualidad alguien quisiera asaltarme, bastaba con dar vuelta mis bolsillos. Nada para dar... nada que temer.

Después recordé lo que alguien me dijo: «si un día te vienen a robar, siempre ten algo en el bolsillo para dar, lo peor que puedes hacer es decir no tengo nada. Te van a moler a palos hasta comprobar que lo que dices es cierto». Y como de vueltas de la vida estaba cansado y ni caminando derecho me sentía seguro, paré en el cajero para sacar unos pesos de efectivo por si hoy tocaba «donación».

En el cajero había una fila de cuatro o cinco personas. Nadie se miraba ni hablaba, ya que es un momento de tensión. ¡Vas a sacar dinero en papel! Dinero sin nombre, que le pertenece a cualquiera que lo tenga en su bolsillo y que puede cambiar de manos en solo una acelerada de moto.

Leyendo libros entendí que para cometer un arrebato no precisas pronunciar palabras. Decidí sacar el boleto y llamarla.

Por un oído escuchaba tuuu… tuuu, y por el otro escuchaba a lo lejos tiruriru… tiruriru.

—¿Qué haces? ¿Estás aburrido? —me contestó la dama del lápiz dispuesto.

—Nada. Acá en la fila del cajero, esperando a que «Flash» termine de sacar sus millones —contesté.

—Tranquilo, supervisor de filas. Soy yo, ya salgo. Lo que pasa es que me entró justo la llamada de un boludo aburrido.

Ahí me di cuenta de todo: el boludo aburrido era yo, y mi panza empezó con cosquillas extrañas.

Sentía su perfume. Era un aroma audaz, inteligente y divertido que acompañaba a la perfección a una mujer vestida de forma sobria.

Para algunos eso despierta miedo, ya que, según el libro no escrito del pensamiento evolutivo masculino, mujer que no vista de forma provocativa se encuentra felizmente casada o es una mente y alma brillante. Si es la primera opción el miedo es, por supuesto, la conciencia y el marido. Y si es la segunda opción el miedo es no estar al nivel. Nada peor que dejar en evidencia no estar al nivel. Pueden *neandertalizarte* para siempre.

De pronto se abrió la puerta del cajero y ella gritó:

—Juan, amor, ven, ayúdame que se me trancó la tarjeta.

Yo no me llamo Juan, pero me miraba a mí y con gesto insistente.

Sin dudarlo fui, entramos juntos al cajero y le pregunté:

—¿Qué pasó? ¿Cómo se trancó la tarjeta?

—Ninguna tarjeta. Te llamé solo para que no esperaras.

¡Fua! ¡De inspector a infractor en un instante! Me resultaba emocionante saltarme las reglas, nunca lo hago. La adrenalina fluía y mi compañera de aventura también estaba emocionada, ansiosa.

Puse mi tarjeta y saqué solo $500, porque el fin era solo tener algo en los bolsillos.

Ambos salimos del cajero y en una especie de euforia contagiosa no paramos de reírnos de lo que habíamos hecho.

De pronto a ella le sonó el celular. Su cara cambió y se puso seria. Al cortar, me explicó que debía ir a atender algo urgente con un familiar. Y allá partió, no sin antes darme un largo y cercano abrazo y hacerme una seña con su mano en la oreja insinuando que la llame luego.

Estos no más de diez minutos dejaron en mí una alegría y juventud como hacía tiempo no sentía.

A partir del minuto once caí en mi desgracia.

Fui a mirar la hora y no tenía puesto mi reloj. Revisé el saco y no tenía la billetera ni las llaves. Fui corriendo al banco y no tenía más dinero. Me dirigí a denunciar mis tarjetas de crédito y todas estaban sobregiradas por recientes compras. Llegué desesperado a casa y estaba abierta, toda revuelta y faltaba todo lo que pudiera tener valor.

¡Lo único que si quedaba en casa era ese aroma, su perfume! Ese aroma audaz, inteligente y divertido que me desplumó.

Por alguna misteriosa razón, me dejó los $ 500 que había sacado en el cajero. Sin dudas podía habérmelos sacado del bolsillo sin el más mínimo esfuerzo. Esto me dio a entender que algo de verdadero ocurrió en esa fila.

Cada vez que la extraño, más me cuestiono lo imbécil que soy.

Capítulo 10

Otras veces somos nosotros quienes nos ponemos en situaciones conflictivas. En algunos casos sin mediar voluntad y sin terceras personas que nos intenten hacer daño.

Es que no somos perfectos y en ocasiones sucumbimos ante los hechos que vemos de la manera que queremos ver. Les ejemplifico con otra historia.

Karphaty

La otra noche me sucedió algo extraño.

Serían como las tres de la mañana. La casa estaba en absoluta obscuridad, hacía mucho frio y se escuchaba que los perros de los vecinos ladraban con insistencia. Supongo que fue esto último lo que me despertó y no me dejó volver a conciliar el sueño.

Sinceramente no quería levantarme, pero una imperiosa necesidad de ir al baño pudo más. Me puse un saco de lana por encima del pijama y salí pechando cuanto objeto había en mi camino, no se veía nada.

Llegué a la llave de luz, pero esta no respondió. Clic, clic y nada. «Saltó la general o algún chistoso bajó la llave del contador de la vereda otra vez», pensé.

La presión en mi vejiga me hizo acordar de que me dirigía al baño y seguí.

Iba caminando por el pasillo que lleva al comedor cuando los chirridos del pestillo, primero, y el de la puerta que da al patio, después, me detuvieron en seco.

Mil pensamientos volaron en mi cabeza, asociando el ladrido de los perros con la falta de luz y con las mil y una noticias que hablan de la inseguridad que vive nuestra sociedad.

No me podía mover. Sentí el famoso frio seco que mucha gente describe en esas situaciones y las ganas de ir al baño desaparecieron al instante. Pude percibir claramente cómo la adrenalina empezaba a fluir a raudales por mi cuerpo. Los sentidos estaban alertas como nunca. Mis ojos rastreaban en la obscuridad en busca de algo y mis oídos intentaban descubrir algún sonido aparte de los latidos de mi corazón.

Logré hacer que mis piernas respondieran y, tanteando el piso avancé un par de pasos hasta ver cierta luminosidad que entraba por la puerta abierta del patio. Por lo tenue, debía ser la luz de la luna que se reflejaba en las baldosas del piso.

De repente vi una sombra pasar por el reflejo. Me volví a detener. Decidí tomarme unos segundos para programar la defensa.

Podía hacerme el boludo, parecer sorprendido y seguir los consejos que se dan en la materia: entregar lo que los delincuentes solicitan priorizando mi vida y la de mi familia por sobre lo material, o podía tomar una acción más proactiva e intentar sorprender yo al delincuente con la intención de que salga corriendo de mi casa, ya que si yo no lo veía el tampoco a mí.

Era principio de mes y recién había cobrado el sueldo. Para no hacer cola más de una vez en el cajero decidí sacar casi todo el dinero y administrarlo en casa. ¿Este malandro me lo iba a sacar de una, solo por ser malandro y más corajudo que yo? ¡Ni qué pensar!

Tanteé en el pasillo a ver si había algo que pudiera usar de arma y lo que encontré fue un cuadro de buen tamaño de un pintor húngaro que compré hace mucho tiempo por una página de ventas de internet.

Acá voy a hacer una pausa en el relato ya que necesito ponerlos en contexto: eran épocas en las cuales existía un sistema de compras por internet que se llamaban subastas, donde quien quisiera vender algo sin idea de qué precio ponerle lo publicaba con una base y así podía llevarse la sorpresa de que lo vendía a un mejor precio del esperado o en su defecto, venderlo por chirolas ya que a nadie le interesaba el producto a vender.

Yo vi este cuadro a $500 y me encantó, sobre todo por el marco que parecía muy trabajado. Pujé por él hasta llegar a unos $1500 y resultó ser la oferta ganadora.

En casa las cosas no andaban muy bien a nivel económico, por lo que en seguida me di cuenta de que me fui al diablo con el gasto. Igual tenía la certeza de haber hecho una muy buena compra, parecía flor de cuadro.

En el mismo se retrataba una habitación finamente decorada con una biblioteca llena de libros al fondo, un reloj sobre una elegante chimenea, tres sillas de patas torneadas y una gran alfombra. Si bien se trataba de un paisaje muerto —como le llaman a lo inanimado—, tenía tantos detalles que en seguida temí que fuera una foto o lámina digital. Menuda sorpresa me llevé cuando a los días llegó el paquete de Montevideo y se trataba de una pintura original de principios de siglo y en perfecto estado.

Su autor era un húngaro llamado Karphaty Laszlo. Con tremendo nombre tenía que ser famoso y reconocido.

Estaba tan bien pintado, lleno de colores y de mucha precisión en cada pincelada. Me enamoré de él a primera vista. Me imaginaba los meses que le podría haber llevado al autor pintar eso. Diría que casi se podían leer las tapas de los libros que estaban en la biblioteca del fondo.

Le dije a mi señora que había hecho la compra de mi vida, que con esto sin dudas íbamos a sacar adelante la economía del hogar ya que lo iba a poder vender. ¡Y en dólares!

Consulté en casas de subastas de arte, internet, remates locales y, como era de esperar, a nadie parecía interesarle el cuadro del húngaro. También me enteré que Karphaty Laszlo en Hungría es como decir Juan Pérez en Uruguay.

De todas maneras, yo lo colgué en el *living* de casa, bien a la vista, para poder contarle a todo el que preguntara que se trataba de un cuadro muy antiguo de un misterioso pintor húngaro, de seguro una reliquia invaluable. Por supuesto que aclaraba que mi admiración era el arte que había en él y no el rédito económico que podría darme su venta, así que no consideraba venderlo por ningún dinero.

Mi señora me miraba torcido cada vez que decía eso, ya que sabía que apenas valía lo que había pagado por él en internet, aparte de que a ella no le gustaba para nada. Según ella, se trataba de una imagen fría que irradiaba una energía extraña en la casa. Yo le llamaría envidia, ya que en mi fuero interior sabía que en unos años ese cuadro nos iba a salvar, pero ella nunca lo iba a admitir.

Ahora sí, volviendo a la noche del infortunio, les cuento que en ese momento el cuadro del húngaro era lo único que tenía a mano, y estaba dispuesto a sacrificarlo.

Di dos pasos hacia atrás, como para tomar carrera y me abalancé hacia el comedor haciendo el mayor ruido posible con las pantuflas.

En una fracción de segundo vi la silueta de la persona. Sin darle tiempo a reaccionar, le grité con voz muy fuerte «¡¡¡te vi, hijoeputa!!!» y le golpeé con el cuadro en la cabeza con tal suerte de que la tela se rompió con facilidad y el marco quedó haciendo las veces de trampa para los brazos. El tipo perdió el equilibrio y quedó tirado en el suelo, balbuceando cosas que yo no podía ni quería escuchar. El marco grueso y de buena madera contenía los manotazos desesperados del atrevido intruso.

El inesperado resultado de mi acción me envalentonó y, luego de darle un par de patadas rastreras y a las costillas, me puse a buscar a tientas la linterna que tenía colgada en el armario.

La intención era ponerle la luz fuerte en los ojos y, desahogándome, decirle todo lo que se me pasaba por la cabeza en ese momento. Mientras la buscaba, arranqué con mi bronca:

—¿Cómo te atreves a entrar a mi casa? ¡Pedazo de hijo de siete mil p...! ¡Ahora vas a ir preso muchos años! —y etc.

Al fin encontré la linterna, y temblando de los nervios la encendí y le apunté directamente a los ojos... Lo que vi volvió a producirme el frío seco que mencioné antes, pero peor.

Emergiendo de la tela rota del cuadro estaba la cabeza de mi señora, y por debajo el resto de su cuerpo en camisón, con una vela en la mano y un encendedor en la otra. Yo no conocía la cara de mi mujer enojada y ni en mis peores sueños imaginé que me daría tanto miedo.

Aún agitadísimo, tuve que cambiar en un instante mi cara de vengador por la de terror al ver la suya. Fue increíble, pasé de miedo a goce para luego volver a un miedo aún más profundo.

—¡¡¡No te muevas, que se va a seguir rompiendo!!! ¡¡¡Nooo...se le rompió la biblioteca y la mesa torneada al Karphaty!!! —atiné a decir.

Era principio de mes y, por todo lo que duró el mismo, fue lo último que dije.

Capítulo 11

Volviendo a lo que nosotros podemos hacer sobre nuestras interacciones y nuestro entorno, yo entiendo que deberíamos tomar ejemplo de los niños. Los niños tienen una capacidad natural para ser felices.

En su condición de personas en formación, muchas veces viven situaciones que los adultos no sabemos manejar y ellos sí. Su mundo es feliz por naturaleza.

Claro, a veces los adultos nos encargamos de torcer eso que debe transcurrir de forma natural, pero, de todas maneras, ellos se las ingenian para salir airosos.

Les pongo como ejemplo esta otra historia.

La gran trifulca

El barrio que vio transcurrir mi niñez vio también trascurrir la de otros chiquilines, y todos juntos formábamos lo que las mamás denominaban *la barra.*

La barra solía juntarse en una plazoleta en forma de ele que quedaba atrás del estadio que tenía palmeras y un gran árbol de orejas de negro. A este lugar se le llamaba la rinconada.

Las palmeras nos proveían insumos de todo tipo para nuestros juegos, a saber: ramas que se usaban de lianas donde los *tarzanes* de la cuadra forzaban sus huesos y ligamentos al límite, miles de coquitos que dejaban sus frutos eran proyectiles ideales e inocuos para las batallas con ondas y también nos proporcionaban espinas muy puntiagudas que eran usadas como improvisados cuchillos de campo, etc.

Por otro lado, el tránsito en esa plazoleta era inexistente con excepción de los días de partido de fútbol, ya que en la misma se estacionaban decenas de autos y alguno que otro viejo camión contra el muro. Sobre estos camiones se subían a ver los encuentros quienes no podían pagar el boleto de entrada.

Les hablo de un barrio muy tranquilo, donde un ruido fuerte era el bus de la ONDA cuando salía por la ruta 9 hacía Montevideo. El quejido de la caja de cambios y el motor se dejaban escuchar por kilómetros.

A veces, y si el día estaba lindo, un pequeño y viejo avión con alas forradas de tela amarilla recorría la ciudad. Y cuando nosotros lo escuchábamos nos autoconvocábamos a verlo asombrados en la plazoleta.

Otra cosa que rompía la monotonía del lugar era el paso del tren de pasajeros a unas cuadras de la rinconada. Aunque no nos dejaban ir solos hasta las vías a verlo de cerca ya que nos decían que era muy peligroso.

Los vecinos nos cuidaban a todos, sin importar si éramos sus hijos o no, y nos preparaban meriendas colectivas acompañadas de tortas fritas o panes caseros.

No recuerdo otras cosas que alteraran la tranquilidad de esa rinconada excepto el día de la gran trifulca. Ese día los vecinos se vieron inmersos en un lío que involucró insultos, denuncias y quitas instantáneas de saludos, que estimo hasta hoy perdurarán.

Nosotros, los niños, estuvimos algo ajenos al problema ya que no lo entendíamos, y la poca información que luego nos brindaron apenas sirvió para que pudiéramos componer un ensayo de explicación de la cual todos estuvimos de acuerdo.

A los vecinos que no tenían hijos de nuestra edad solíamos ponerles sobrenombres, ya que de muchos no sabíamos el nombre real y no podíamos llamarles «el papa de Fulano o Mengano». Algunos asociados a su oficio, como «El astilla», «Puñales, el carpintero», o «El Chispa Gómez, el electricista».

A otros, por desconocimiento, se les asignaban *nombretes* y roles que podían no coincidir con la realidad. Por ejemplo, la señora a la cual acudían nuestros padres para curarnos el empacho tenía como nombre Presbítera, y era una mujer muy mayor, de contextura fina y rasgos agudos. Nada más cercano a la imagen de una bruja vista en los cuentos. A ella la llamábamos Presbítera Batracia, «La bruja».

Su casa era un enigma ya que solo habíamos podido ver una pequeña sala en la entrada de su hogar, adornada con muchas figuras, velas, flores y un fuerte olor a incienso, donde nos vencían de todo mal. El resto de la casa la imaginábamos como un lugar lleno de frascos con pociones, animales en jaulas y una gran olla colgando en la estufa que serviría para crear místicos embrujos.

A Presbítera la esquivábamos, aunque con mucho respecto, no sea cosa de que nos convirtiera en sapos.

También estaba Oliverita, «El caramelero del parque», un personaje sin edad aparente. Es decir, de esas personas que son veteranas y uno cree que siempre lo han sido y siempre lo serán. Usaba unos pequeños lentes redondos de mucho grosor. Allá, a lo lejos y a través de esos lentes, se podían ver los ojos del hombre… apenas. Imposible determinar su color ni si los tenía abiertos o no. Es decir, podía estar durmiendo de manera plácida en una silla debajo del alero de su casa o podía estar viendo todos nuestros movimientos.

Nuestras mamás nos decían que nos portáramos bien porque Oliverita nos iba a estar vigilando. Muchos niños le adjudicaron a Oliverita superpoderes relacionados con una vista perfecta escondida atrás de esas peculiares gafas. Para nosotros, representaba un ícono de la niñez que nos entregaba con cada venta un caramelo de yapa. Pero, ojo, no un caramelo de los que se dan ahora en forma de cambio chico, esos que son incomibles. Oliverita de yapa elegía el caramelo más caro y exclusivo que tenía en su canasta, y sin dudas ese era el que más disfrutábamos.

Otro vecino que debo mencionar es «El malvado doctor Cachetes», o como le decían los mayores: «el Loco Tero». A este vecino lo conocíamos de oídas, pero pocos lo habían visto alguna vez. Vivía en una casita frente a lo de Oliverita, tenía unos árboles que tapaban la visual de la entrada. Las ventanas siempre con sus cortinas cerradas, el pasto largo, sin flores en el jardín y un pasillo obscuro que llevaba al fondo de la vivienda que nunca nadie se atrevió a cruzar. Se decía que era un señor de mediana edad, gordo, calvo y con cara de perro bulldog. Por eso lo de Dr. Cachetes, lo de malvado era pura intuición.

Nuestros padres nos decían que ni pasáramos por el frente de la casa del Loco Tero porque odiaba a los niños. Presbítera era la única persona que nosotros veíamos de vez en cuando entrar a esa casa. Llevaba bolsas llenas y salía sin ellas.

Desde nuestro punto de vista, no había duda alguna de que ahí se tramaba algo misterioso y tenebroso a la vez.

Si tenemos en cuenta que quien más nos aconsejaba que no pasáramos por ahí era Oliverita, sin dudas se trataría de algo siniestro contra los niños. Algún tipo de plan para dejar al mundo sin caramelos... bien podría ser.

Según pudimos saber, la revuelta empezó la tarde en que Lucía, una de las niñas de la cuadra, pasó cantando frente a la casa del Loco Tero al volver de hacer un mandado del almacén. Quizás por destino o quizás por casualidad, desde adentro de la casa la llamaron por su nombre.

La voz era de una persona muy amable que le pedía ayuda. Resultó que pertenecía ni más ni menos que al mismísimo Dr. Cachetes. Parece ser que algo se le había perdido en su casa y la pequeña Lucia le ayudó a encontrarlo, demorando un rato largo en la búsqueda.

Muchos eran los enojados. La aparente recriminación y justificación cruzada era por la demora en el mandado. Ahí nos enteramos que Presbítera era la mamá del Loco Tero y que este último padecía un mal que, según ella decía, lo hacía incapaz. Todo esto sucedió en la portera de la casa del Loco Tero, y mientras los vecinos no paraban de acercarse para ver qué era lo que sucedía, alguien se abría paso entre todos sin control y fuera de sí.

Era Oliverita. Mientras caminaba apartando gente que pretendía detenerlo, se sacó los lentes —confirmando nuestras sospechas— y le propinó un soberbio derechazo en el mentón al Loco Tero, que lo dejó inmóvil en el piso por más de media hora.

Infructuoso fue que alguien tratara de evitar las dos patadas que le siguieron al certero puñetazo y lo tuvieron que agarrar entre dos o tres porque el viejo caramelero lo iba a moler a golpes cuando este intentó incorporarse de nuevo. Nosotros mirábamos admirados la confirmación de su calidad de superhéroe. La policía se llevó a todo mundo a declarar a la comisaría.

Esto sucedió el día anterior en que Lucía y su familia se mudaran a otro barrio, a otra ciudad. Yo no sabía que se iban a mudar. Es más, creo que nadie lo sabía... ni ellos.

A partir de ese día, cuando íbamos de visita al parque y le pedíamos a mamá o papá que nos compraran caramelos, Oliverita —sabedor de nuestra admiración— nos entregaba el clásico caramelo de yapa y en ese momento subía levente sus lentes y nos hacía una guiñada cómplice, que todos sabíamos entender.

El mundo estaba mejor así. Oliverita, con sus poderes ocultos pero latentes, el malhechor sin pisar más el barrio y nosotros jugando en la rinconada, un lugar ideal entre las palmeras y el estadio, el mejor sitio del universo.

Capítulo 12

Los niños crean su presente. Lo moldean a su interés primario que es ser felices. Ellos imaginan su futuro y nunca, pero nunca, verán en él una nube gris.

Ellos sueñan con ser superhéroes, astronautas, maestros, doctores y un sinfín de cosas más que, si las vemos en perspectiva, implican su felicidad y la de otros.

Es una regla que siempre se cumple.

No conozco niño que responda, si le preguntan qué quiere ser de grande, diciendo «yo quiero ser guardia de una cárcel» o «yo quiero ser administrativo en una oficina pública». Esto no sucede porque los niños, personas que aún no fueron absorbidas por los sistemas de mala actitud, no ven otra cosa más que positivismo en el futuro.

Les presento otro ejemplo que grafica esto.

De garzas blancas y barcos voladores

De chico yo decía haber sido grande en algún pasado lejano. Dicha fantasía solo se sustentaba en mi desconocimiento de las leyes naturales y en que el interlocutor era mi hermano menor Felipe que, enceguecido de admiración, era incapaz de cuestionar mis atropelladas fantasías.

Era la década de los cuarenta y, sin televisión, la radio nos traía las noticias del mundo, dejando mucho a la imaginación. Eso servía de inspiración para mis fantasías.

Así fue que, desde mi cama y cuando las luces se apagaban, dejaba volar las ideas. Recordando alguna noticia escuchada, le contaba a Felipe de la vez que, en mi función de bombero del pueblo, tuve que rescatar a varios vecinos de las llamas, cuando sus precarias casas de madera tomaron fuego. Él suspiraba maravillado sin entender del todo lo que le contaba, por su corta edad, pero sabiendo que sin dudas era algo maravilloso y heroico, porque el tono de mi voz iba subiendo a medida que avanzaba la acción.

En algún momento, desde el dormitorio de nuestros padres se escuchaba el sonido de las maderas de la cama crujir, unas pantuflas arrastrarse con prisa por el piso gastado de baldosas y entonces mamá se asomaba a la puerta de nuestro dormitorio, sin prender la luz, diciéndonos con esa voz que simula gritar, pero bajito.

—Hagan silencio y duérmanse, que se va a despertar papá. ¡Mañana se levanta a las seis de la mañana para trabajar, por favor!

—Es que Juan Pablo me contaba de cuando él era bomb... —¡paf! Ahí, sin mediar palabra y amparado en la oscuridad, no me quedaba de otra que taparle la boca a Felipe con un manotazo salvador. Con la voz más dulce y sobornadora decía—: Mamita, perdónanos. Felipe no se podía dormir y yo le estaba contando un cuentito.

Las pantuflas se alejaban sin remedio, y mientras sacaba la mano de la boca de mi hermanito, al cual sin querer estaba asfixiando, le explicaba que mamá no se podía enterar de mi pasado de grande. Ni mamá, ni nadie. Las razones algún día se las iba a explicar, pero por ahora sólo podía decirle que esto era un secreto entre él y yo.

Felipe asumía esto como una responsabilidad gigante. Debía mantener en secreto que su hermano de ocho años fue en el pasado toda una personalidad... casi un héroe.

Así fue que para mi hermano menor, durante mucho tiempo, fui exbombero, expolicía, expresidente, etc. Según entendí más tarde, estas fantasías las crean muchos niños y pueden parecer tan reales como la realidad misma.

Sin ir más lejos, recuerdo un día haber tenido una muy acalorada discusión con un compañero de clase en la escuela, sobre quién «había sido más grande» cuando «habíamos sido grandes». Rebuscada excusa para discutir, si las hay.

En fin, con mi doble personalidad conviví algún tiempo hasta que Felipe, en una de esas noches de cuentos y fantasías, interrumpió mi relato diciéndome:

—Aaaah, ya me acuerdo. ¡Yo también, cuando era grande, fui aviador!

—¿Qué lo qué? —le pregunté.

—Que me acuerdo claramente que antes, cuando yo era grande, fui piloto. Piloto de un barco volador, para ser más preciso. Cuando me cansaba de navegar por el mar, levantaba vuelo y volaba hasta el lugar que yo quería. Qué lindo era.

—¿Y eso fue hace mucho? —le consulté.

—Y... ¿qué te puedo decir? Habrá sido hace un tiempo más o menos largo.

Esta respuesta me dejó bien en claro que mi interlocutor ya no era ningún bebé y que yo ya no podía seguir siendo aquel niño fantasioso. Desde ese día di por concluida mi etapa de «fui grande», para pasar a ser el hermano mayor de un niño fantasioso de cinco años.

En función de tal, adquirí nuevas responsabilidades como aterrizarlo con suavidad a tierra cuando su imaginación lo llevaba a treparse a un árbol con un paraguas en la mano, pretendiendo usar dicho elemento como paracaídas de una eventual falla en los motores de su barco volador. O seguirle la corriente cuando, delante de algún grupo de amigos, él me pedía que refrende sus dichos con un «es cierto, yo lo vi».

Un día, sin medir mis palabras, se me dio por cuestionar su idea de barcos voladores y papá se dio cuenta.

—Los barcos no vuelan porque son muy pesados, y los aviones no navegan en el agua porque son muy frágiles —le decía yo—. ¿Te acuerdas cuando fuimos al aeródromo? ¿Te parece que puede un avioncito de tela y madera navegar entre las olas sin romperse? Si vas a inventar algo, que sea más creíble.

Papá me interrumpió, mandó a Felipe a traerle algo del galpón y me llevo para hablarme aparte. Pocas palabras bastaron para que yo entendiera.

—¿Te acuerdas cuando eras bombero? Pues yo siempre te escuché, nunca se me ocurrió cuestionarte.

No precisé que me dijeran nada más, y a partir de ese entonces yo siempre apoyé lo que mi hermano me contaba.

La niñez se nos hacía más fácil así, soñando con logros grandiosos, barcos voladores y un sinfín de aventuras que nos alejaban, por momentos, de la tediosa somnolencia cansina de nuestro barrio alejado del centro.

En las afueras y en invierno, miras por la ventana y ves pasar tu niñez. Pero la ves en serio. La ves pasar en la hamaca que se mueve por el viento, vacía pero se mueve. La ves en el pasto marchitado por la helada, que no aguantaría un partido de fútbol, ni siquiera un picadito de diez minutos antes de merendar. La puedes ver pasar también en la cometa que quedó colgada de los cables de luz, esa que ya perdió la cola y a la que le palidecieron los colores de tu cuadro de fútbol favorito con el paso de los días, hasta casi no distinguirse.

Un día, sin darte cuenta, no estás parado en punta de pies para mirar para afuera. Otro día comprendes que en invierno todo parece herrumbrarse, hasta los huesos de papá que son capaces de anunciar la más leve tormenta con un intenso dolor que él describe como *el descalabro*.

Todo esto dura justo hasta el momento en que papá entra a casa con las manos escondidas a la espalda y le dice a mamá que no mire. Ella cierra los ojos y ahí aparece desde la espalda de mi padre un ramo de hermosas margaritas blancas y amarillas que cortó del jardín. Ella las pone en un florero que de ahora en más pasará a ocupar el centro de la mesa de la cocina, renovando su carga de flores una y otra vez, hasta que inexorablemente, en unos meses, vuelva a venir el invierno.

Cierto día de octubre, papá entró agitado a casa.

—Abríguense que vamos a salir —nos dijo.

Mamá no dudó y nos puso las camperas, y en dos minutos estábamos prontos. Subimos al carro y salimos, rumbo a la laguna.

Felipe, con su inocente impertinencia y sin notar la cara de preocupación de papá, le preguntaba una y otra vez «¿a dónde vamos?».

Papá apuraba el tordillo de una manera rigurosa, cosa extraña en él ya que cuidaba mucho de sus animales, y miraba a Felipe de reojo sin contestarle. Las pocas huellas de carro que iban desde el barrio hasta la laguna estaban viejas y tapadas por el pasto, ya que es en verano cuando los carreros van más seguido a recoger arena que después llevan y venden en la ciudad.

Por lo general el viaje a la laguna se hace en una hora, pero en este caso no había pasado media y ya se veía la vegetación típica de la Riviera.

—¿Por dónde estará? Raúl me dijo que estaría por acá —dijo papá cuando llegamos a la orilla.

—¿Qué hacemos acá? —preguntó Felipe.

—Ya vas a ver, ya van a ver todos.

De pronto, y al dar la vuelta en un recoveco de los pastizales, apareció algo maravilloso. Era muchas veces más grande que nuestra casa. Es más, era más grande que la casa más grande que yo había visto nunca. Mi mente no entendía qué hacía en la laguna, donde nosotros pescábamos y nos bañábamos, esta enorme máquina.

Papá rompió el silencio en el que estábamos inmersos y nos dijo:

—¿Y? ¿Qué les parece? ¿Tenía razón Felipe o no tenía razón? ¡Un barco volador! ¡Y gigante! Vamos, que le pedí a Raúl que nos lleve en su bote para verlo bien de cerca.

Raúl era un viejo amigo de papá que se dedicaba a pescar. Le comprábamos todas las semanas pescado fresco que mamá transformaba en platos exquisitos.

Así fue como, subidos en el pequeño bote de madera de Raúl, nos fuimos acercando.

Su forma era la de un barco por debajo y la de un avión por encima. Todo con dimensiones extraordinarias, enormes, gigantes.

Encima de las alas me pareció que caminaban personas diminutas, que iban y venían haciendo labores en los motores.

Cuando nos acercamos más, me di cuenta que en realidad eran personas de tamaño normal, lo que eran gigantes eran las alas. Tenía seis motores y cada hélice medía lo mismo que dos personas una encima de la otra. Tenía muchas ventanas, como la de los grandes barcos, y atrás tenía dos alas más pequeñas inclinadas un poco hacia arriba, las cuales tenían en sus puntas dos grandes timones. Todo en el barco-avión era gigante. Abajo de las alas, casi en sus extremos, se desplegaban dos flotadores cuyo tamaño duplicaba el del bote en el que íbamos.

En la parte de arriba del fuselaje, casi donde empiezan las alas, se ubicaba la cabina, toda rodeada de vidrio y de la cual se debería tener una vista privilegiada de la laguna.

Papá nos contó que hace ya unos cuantos días este barco volador había tenido una emergencia que los obligó a acuatizar en la laguna. Se rompió una de las hélices y el piloto confundió la Laguna de Rocha con la Laguna Negra, que tiene mucha más profundidad. Por eso estaban unas máquinas haciendo un canal que simulaba ser una pista de despegue en el agua, ya que se había estancado en la arena del fondo.

Yo estaba maravillado con la enorme belleza de la máquina, incrédulo de que estuviera posada en nuestra laguna, dónde lo más grande que habíamos visto sobre ella eran las garzas blancas.

Papá seguía explicándonos, ahora con una voz más solemne y apesadumbrada, que al desprenderse la hélice había fallecido una persona y otra había resultado muy herida, por lo que, aparte de ser una escena fantástica, también era la escena de una desgracia.

Yo traté entonces de contener mi emoción y no hacer mucho alboroto a medida que nos acercábamos, pero para Felipe esa era una tarea del todo imposible.

Con su voz finita, como la de un gorrión, y tirándonos de la ropa nos decía:

—¡Mireeeen, es enorme! ¡Es hermoso! ¿Podemos subir?

Papá no le respondía, pero me miró de reojo y me hizo una guiñada. Ahí me di cuenta de que ya lo tenía todo arreglado.

Llegamos al costado de la nave y el bote se puso al lado de una puerta lateral.

Entramos por la puerta y el movimiento que teníamos en el bote se detuvo de pronto. El tamaño del avión hacia que las pequeñas olas de la laguna no lo afectaran en lo más mínimo. Era como caminar entre una obra en construcción: mucha gente trabajando, yendo y viniendo con cosas en la mano —herramientas, repuestos, víveres y demás cosas—. La mayoría no hablaba español.

Nadie nos prestó atención al entrar porque todos estaban muy ocupados, excepto Jean Paul Gaouche. Me enteré que así se llamaba nuestro guía. Un francés cuya tarea en el avión era la de servir las mesas en el comedor, pero que en este momento estaba cumpliendo el rol de mostrarle la espléndida máquina a todo aquel que obtuviera permiso del capitán para abordar. Nosotros teníamos esa venia gracias a Raúl, ya que él fue uno de los primeros en llegar al lugar el día del accidente y ayudó a trasladar a los pasajeros, sacándolos en su bote de la laguna para ser atendidos. El capitán estaba muy agradecido con Raúl e incluso lo invitó a seguir vuelo con ellos.

Para el capitán, Raúl era un héroe que se arrimó con su bote y les ofreció su ayuda. Su fama llegó hasta lugares muy lejanos y engrandeció al país que se mostraba a los ojos del mundo como un lugar donde la solidaridad era pilar principal.

Para Raúl el ofrecimiento era digno de pensarlo, porque la vida no da dos de estas oportunidades y menos a un pescador artesanal de una laguna perdida al este de un país pequeñito. A decir de mi padre: nuestro país es la muela de la boca abierta del Río de la Plata. Yo me reía mucho de esa comparación que hacía y me imaginaba Uruguay como una muela gigante.

Jean Paul nos llevó hasta unas escaleras y preguntó en un pésimo español:

—¿Quién quiere ir a la cabina de mandos?

Felipe miró a papá con cara de no poder creer lo que estaba viviendo y gritó:

—¡Yo! Yo quiero subir. ¿Puedo, puedo?

Yo no quise molestar a mi hermano con pujas infantiles sobre quién subiría primero y no dije nada. Sabía que estaba viviendo el sueño de su vida y yo lo iba a respetar. Subió la escalera y permaneció unos diez minutos arriba. Cuando bajó, traía en su mano una postal con un dibujo del barco volador y un escrito al reverso que decía: «Lionel de Marmier-Air France, esperamos que el viaje haya sido de tu agrado, te esperamos pronto para compartir nuevas emociones. Capitán comandante Moulignié». Y luego de esto la firma del capitán, de puño y letra.

Ese día comenzaron con las pruebas a los motores ya reparados, por lo que cuando Felipe bajó de la cabina, nos solicitaron de manera amable que nos retiráramos por seguridad.

Yo me quedé sin conocer al capitán, la cabina y otras partes del avión; eso me dejó algo triste. Pero Felipe se encargó, con su relato, de hacerme conocer todo. El capitán con su traje perfecto, los cientos de botones y palancas de la cabina con sus funciones, el trayecto que hicieron antes de llegar acá y hacia dónde se dirigían luego de arreglado el avión. Me contó detalles de la rotura y de cómo la solucionaron. También de cómo estaban terminando de hacer un canal gigante para que el avión flote para despegar. Todos estos cuentos me los hacía con tanta emoción que se ahogaba por no darse el tiempo de respirar. Eran cuentos agitados, donde supongo que él le agregaría algún condimento extra para hacerlo aún más emocionante.

La postal papá la mandó enmarcar y hace muchos años que Felipe la tiene en su mesa de luz.

Ni siquiera hoy, que es un piloto experimentado con miles de horas de vuelo en una aerolínea comercial y que ha recorrido el mundo entero volando, deja de dormirse sin echarle una ojeadita a la postal, donde el capitán del bote volador más impresionante que voló sobre nuestra tierra lo invitaba a seguir volando con él y su compañía aérea.

Felipe nunca piloteó un bote volador, ya que esas majestuosas máquinas dejaron de existir. En palabras de él, esas naves eran demasiado hermosas para usarlas. Estaban mejor en un museo, donde alguien las cuida, las limpia y no corren riesgo de terminar en una laguna al este de la «muela» del Río de la Plata.

Yo, por mi parte, no fui bombero, ni policía, ni superhéroe. Aunque, quién sabe, ya que como soy uno de los pocos pescadores artesanales que quedan en la laguna...

Capítulo 13

Llegados a esta parte final del libro, y con la pretensión de que este despertar sea de lo más agradable para ustedes, similar a cuando nos despertaban de chicos, no me queda más que recomendarles escribirse en el espejo.

Es una tarea sencilla: escríbase como si se mirara en un espejo.

Les pongo el ejemplo de lo que yo me escribí el 21 de septiembre del 2011.

Hola, ¿cómo estás?

Sobre el tema que veníamos hablando el otro día, estuve meditando, asesorándome y te puedo decir que tengo la sensación de que el problema no es tal.

Me planteaste cierta inconformidad por la aparente falta de tiempo para ti, para dedicar a las cosas que entiendes son relevantes en tu vida. Me contaste que quisieras dedicarte más a tu hijo, a tu hogar, a tu salud, a tu esparcimiento, etc., y no tanto al trabajo y las tareas de la casa.

En la misma conversación también me planteaste que trabajar es necesario y que cuanto más trabajas más dinero aportas al hogar y por tanto más comodidades puedes adquirir para el bienestar de todos.

Con los datos surgidos de dicha conversación me tomé la libertad de hacer un estudio. Este estudio me llevó a revisar tu hogar. Lo inspeccioné de punta a punta, me entrevisté con tu hijo, con tu mujer, con los gatos, con tu perro y hasta con los vecinos.

De dicha tarea me surgieron varias dudas como, por ejemplo: ¿tienes oculta una tienda de ropa? ¡En tus roperos hay ropa para varias familias! También me cuestionaba si la tienda oculta tiene el giro de almacén y quiosco, ya que los armarios están repletos de comestibles para meses de uso y golosinas para entregar en seis o siete Halloween cuando los niños golpeen las puertas bajo la consigna de «dulce o truco».

Electrodomésticos, muebles, computadoras, juegos electrónicos, etc. Sin dudas, el área de bazar también integra tu tienda.

Por lo que pude ver, en estas cosas se depositan los tiempos en tu hogar, para en algún momento interrumpirlos, pero solo para comer.

No vi ningún folleto de vacaciones, no vi insumos de un *hobby*, no vi rastros de tu cultura o arte, no vi tu inspiración deportiva, no vi una biblioteca con tus intereses, no vi un jardín con tu gusto. En definitiva, no vi rastros de ti en ese hogar.

Pareciera que si uno no abriera el ropero y viera tu ropa, no imaginaría que vives ahí.

Eres parte del hogar, participas en las decisiones que ahí se toman, ocupas un espacio de la cama, pero en realidad quien vive ahí es quien se espera que seas y no quien pudieras ser si en realidad te dedicaras de forma efectiva a ser.

Estoy por completo convencido de que crees estar haciendo lo correcto, pero en ese afán te olvidas de ti, sin tener en cuenta que en definitiva eso es lo primero que importa.

Planificas el mañana de tu hijo y necesitas dejarle un camino fácil, para eso crees trabajar. Quizás un techo, quizás un estudio, quizás una renta. ¿Y el proceso? ¿Cuándo vas a aprender —y sobre todo a enseñar— a disfrutar del proceso?

Es en este punto que llego a la conclusión de que el problema de falta de tiempo no existe, lo que existe es un exceso de tiempo empleado en situaciones incorrectas. Este diagnóstico no puede ser tomado a la ligera.

Ten en cuenta de que dispones de las mismas veinticuatro horas al día de las que disponen todos, solo que eliges usarlas en lo que hoy tú crees necesario o importante. Te volviste adicto a necesitar más tiempo sin darte cuenta.

Hay cosas que te parecen irrenunciables ya que consideras que son un espacio dedicado a ti. Por ejemplo, dedicar tiempo a mirar noticias, ofertas en internet, tener la casa inmaculada y en programar los días venideros.

¿Sabías que el mundo va a seguir a pesar de que tú no sepas a tiempo real lo que sucede en él? ¿Sabías que las ofertas te crean una necesidad que no tienes? ¿Sabías que a la casa no le duele cuando no está perfecta? Y, por último, ¿sabías que el futuro va a llegar, lo planifiques o no al detalle, y de cómo vivas hoy va a depender como sea ese futuro?

También dedicas mucho tiempo a recordar las cosas que tienes pendientes. Repites una y otra vez en tu cabeza que antes de tal día debes hacer esto, aquello o lo otro y que cuando logres algo de tiempo lo vas a hacer. Esos pensamientos luego de que terminan vuelven a empezar, no sea cosa de que en realidad se te olvide algo de lo que debes hacer.

Con la mente distraída en todas esas preocupaciones es razonable que entiendas que no tienes tiempo. Creo que es necesario que reveas lo que es necesario y separes lo que se te vuelve necesario.

Necesario es vivir con plenitud, necesario es trascender de alegría, necesario es amarte acompañado o solo, necesario es compartir momentos, necesario es el sol, la luna, la playa, las estrellas, el campo y tu interacción con ellos. Necesario es llorar una ausencia sin miedo, necesario es comer cosas simples, necesario es dormir sin miedos, necesario es bailar tarareando una canción.

Lo que debes dejar de considerar necesario podría ser acumular cosas, acumular obligaciones futuras, acumular reproches, acumular culpas. Tampoco pareciera ser necesario buscar placer en comprar o en buscar para comprar.

Quizás descubras que para pasear un rato por la playa no requieres las botas de cuero, ni mochila a tono, sino tan solo doblar el pantalón, descalzarte y mojar los pies en el agua. Quizás también descubras que hacer una cometa con tu hijo y caminar hasta un parque a remontarla juntos complete tu día y el suyo más que cualquier otra cosa.

Quizás entiendas que quienes se eligen mutuamente para compartir la vida lo hacen solo para eso, y que si te eligieron es porque te quieren original como eres, con virtudes y defectos, pero sobre todo con tu libertad incorporada. No para poseerte, más bien para disfrutar de tu compañía.

Por tanto, espero que cuando leas esta carta compartas conmigo las apreciaciones que en la misma vertí y juntos pongamos en práctica las renuncias necesarias para darle plenitud a nuestra vida.

¡Bienvenido a bordo de tu nueva vida!

Quien te quiere infinitamente.

Tú.

Lecturas recomendadas

Imaginario (Daniel Osorio Olave)

Cuentos cortos para lectores benevolentes (Juan Reyes)

Cuentos cortos, muy cortos (Margarita Palavicini)

www.ingramcontent.com/pod-product-compliance
Lightning Source LLC
LaVergne TN
LVHW091124150826
845673LV00002B/967

* 9 7 8 6 1 2 5 1 4 2 6 9 6 *